U0087823

你會愛上月亮莎莎的五個理由……

快來認識牙齒尖尖又
超可愛的月亮莎莎！

她的媽媽用魔法把玩偶
「粉紅兔兔」變成真的了！

有了魔法亮粉和百味棉花糖
的遊樂園超好玩

莎莎的家庭很瘋狂唷！

神秘迷人的
粉紅 X 黑色
手繪插畫

去遊樂園時，你最喜歡玩哪一種遊樂設施呢？

最喜歡玩「直奔月球」，快速彈到月球，又馬上降落下來，非常刺激，有速度感。

（頻頻／7歲）

在旋轉木馬上吃棉花糖。

（小D／6歲）

風火輪雲霄飛車。

（J46B／7歲）

如果是海底世界的遊
樂園區，我想坐在章
魚身上跟海底生物玩
捉迷藏。
（Elsa／8歲）

我最喜歡開很慢的
雲霄飛車。
（Joy／7歲）

最喜歡玩雲霄
飛車，就像衝
破天空要去冒
險一樣。
（小熊／8歲）

挑戰坐無限次
的自由落體。
（Penny／9歲）

月亮莎莎家族

我ㄨㄛˇ媽ㄇㄚ媽ㄇㄚ

寇ㄎㄡˋ蒂ㄉㄧˋ莉ㄌㄧˋ亞ㄧㄚˋ・月ㄩㄝˋ亮ㄌㄧㄤˋ

伯ㄅㄛˊ爵ㄐㄩㄝˊ夫ㄈㄨ人ㄖㄣˊ

甜ㄊㄧㄢˊ甜ㄊㄧㄢˊ花ㄏㄨㄚ寶ㄅㄠˇ寶ㄅㄠˇ

我ㄨㄛˇ爸ㄅㄚˋ爸ㄅㄚ˙
巴ㄅㄚ特ㄊㄜˋ羅ㄌㄨㄛˊ莫ㄇㄛˋ・月ㄩㄝˋ亮ㄌㄧㄤˋ
伯ㄅㄛˊ爵ㄐㄩㄝˊ

我ㄨㄛˇ！
月ㄩㄝˋ亮ㄌㄧㄤˋ莎ㄕㄚ莎ㄕㄚ

粉ㄈㄣˇ紅ㄏㄨㄥˊ兔ㄊㄨˋ兔ㄊㄨˋ

國家圖書館出版品預行編目資料

月亮莎莎魔法新樂園／哈莉葉‧曼凱斯特(Harriet
Muncaster)文圖;黃筱茵譯.——初版一刷.——臺北
市: 弘雅三民, 2022
　　面;　　公分.——(小書芽)
　譯自: Isadora Moon Goes to the Fair
　ISBN 978-626-307-723-2 （平裝）

873.596　　　　　　　　　　111011737

小書芽

月亮莎莎魔法新樂園

文　　　圖	哈莉葉‧曼凱斯特
譯　　　者	黃筱茵
責任編輯	林坤煒
美術編輯	黃顯喬

發 行 人	劉仲傑
出 版 者	弘雅三民圖書股份有限公司
地　　址	臺北市復興北路 386 號 (復北門市)
	臺北市重慶南路一段 61 號 (重南門市)
電　　話	(02)25006600
網　　址	三民網路書店 https://www.sanmin.com.tw

出版日期	初版一刷 2022 年 9 月
書籍編號	H859820
Ｉ Ｓ Ｂ Ｎ	978-626-307-723-2

Isadora Moon Goes to the Fair
Copyright © Harriet Muncaster 2018
Traditional Chinese copyright © 2022 by Honya Book Co., Ltd.
Isadora Moon Goes to the Fair was originally published in English in 2018.
This translation is published by arrangement with Oxford University Press.
All rights reserved.

弘雅三民圖書

月亮莎莎

魔法新樂園

哈莉葉・曼凱斯特／文圖

黃筱茵／譯

三民書局

獻給世界上所有的吸血鬼、仙子和人類！
也獻給我爺爺和妲西。

第一章

　　星期六早晨，陽光透過窗戶照進來，讓我感覺心情愉悅、充滿活力，彷彿有什麼趣事就要發生。

　　「不曉得會是什麼事呢？」我對著粉紅兔兔說，和他一起下樓吃早餐。

粉紅兔兔在我身邊蹦蹦跳跳。他本來是我最愛的玩偶，後來媽媽用魔法把他變成真的了。我媽媽是仙子，所以會施魔法喔！

「莎莎早安。」爸爸從前門走了進來，邊說邊打了個呵欠。

爸爸剛剛去夜間飛行回來。他是吸血鬼，所以整晚都醒著，白天才睡覺。當他踏進門廳時，我發現門口的踏墊旁有一張五顏六色的紙，正被他踩在腳下。

「那是什麼呀？」我一邊問，一邊把那張紙從他閃亮的黑色鞋子底下抽出來。

「大概是垃圾信吧。」爸爸說。

可是我覺得那看起來不像垃圾信。我把皺巴巴的地方撫平，發現原來是一張亮晶晶的大海報，正中央印著旋轉木馬的照片。那座旋轉木馬在星空下轉動，上面掛滿了仙女燈串。照片上，小孩開心的騎著花俏的木馬，手上拿著一根根蓬鬆的粉紅色棉花糖。旋轉木馬上方有一串筆劃彎彎曲曲的文字，彷彿是在大聲喊著**「超炫遊樂園！下週末快閃！」**

「哇，爸爸！」我說，「我們可以去嗎？拜託？」

我跟著爸爸走進廚房，他回答：「嗯……，我不確定耶，妳問媽媽吧。」

媽媽正坐在廚房的桌子前，餵我妹妹甜甜花寶寶吃草莓優格。

我舉起了海報給她看。

「媽媽妳看！」我說。「我們可以去嗎？」

「遊樂園？」媽媽懷疑的說。「人類的遊樂園呀……我不確定耶，妳去問爸爸吧。」

「我問過爸爸了！」我不耐煩的說。「他叫我來問妳啊！」

「這樣呀。」媽媽又看了海報一眼。「嗯……」

「拜託啦。」我哀求著。

「妳不會對吸血鬼的遊樂園比較有興趣嗎？」爸爸問。「我小時候很愛跟朋友們一起去吸血鬼遊樂園玩。在燭火搖曳的深夜玩遊樂設施，真是恐怖又有趣，而且那裡還有美味的紅色食物喔！話說我以前最愛坐棺材飛車了。」

「或是去仙子遊樂園呀！」媽媽也很快提出建議。「仙子遊樂園很棒，到處都是花朵和美麗的大自然。我以前最喜歡和朋友們一起坐小花旋轉杯了。」

「哼！棺材飛車刺激多了！」爸爸說。

「可是沒有小花旋轉杯漂亮啊！」媽媽表示。

「喔，可是我真的**真的**很想去『超炫遊樂園』玩，」我說，「而且它只有下週末才有耶！拜託啦，我們去嘛？我保證會整理好自己的房間！」

「再看看啦，」媽媽說，「我們再考慮一下吧。」

這週去上學時，我問了朋友們知不知道「超炫遊樂園」要來鎮上快閃的事。

「我上學的路上有看到海報！」柔依說。「我要問我媽媽可不可以帶我去！」

「我也想去，」布魯諾說，「我要去問我爸爸。」

「我也是！」賈斯伯說。

我的朋友們全都興奮的聊起了遊樂園。

「我要去坐雲霄飛車，」薩希說，「聽說它會轉一百圈耶！」

「一百圈！」布魯諾倒抽一口氣。「那我一定也要去坐看看！」

「我才不要坐那個。」莎曼莎發抖的說，看起來很害怕。「我比較喜歡旋轉咖啡杯。」

「旋轉咖啡杯很無聊耶，」賈斯伯說，「碰碰車和幽靈火車好玩多了！」

「喔，對耶，還有幽靈火車！」柔依開心到都發抖了。「我們還可以吃棉花糖和熱狗喔！」

「我愛棉花糖！」薩希大喊。「那吃起來好像雲朵喔！」

「莎莎，妳要一起去嗎？」柔依看著我說，「妳以前一定沒有去過人類的遊樂園吧？」

「我的確沒去過，」我說，「我**真的**好想去喔。我要再去問問看我爸媽。」

接下來整天我都在想要怎麼說服爸媽帶我去遊樂園。等到了晚上，我已經想好一大堆交換條件了。

「媽媽，」我說，「如果妳帶我去遊樂園，我保證會幫妳所有可愛的仙子盆栽澆水一個星期，還會每天幫甜甜花寶寶換尿布和餵她喝粉紅牛奶。而且我也可以從現在開始改成在花園的池塘裡洗澡，親近大自然喔！」

媽媽笑了。

「莎莎，妳真體貼，」她說，「可是……」

「對了爸爸，」我繼續說，「我保證會幫忙擦亮你所有的特製吸血鬼銀器，並且好好把我的披風

掛在前門，不讓它皺掉。我也會整理好房間，**應該**還會梳好頭髮喔！」

「哇！看來妳真的很想去遊樂園耶！」爸爸看起來十分驚訝。

「我的確很想去！」我一邊說，一邊想著棉花糖、亮晶晶的旋轉木馬，以及一閃一閃的仙女燈串。我好想坐上花俏的木馬，一圈又一圈的轉呀轉，讓頭髮在微風中飛揚。

「嗯……」媽媽開口說，「我**本來**想跟妳說，我們其實已經決定帶妳去了，不過既然妳都貼心的提議要幫我們做這些事了……」

「我們如果不接受就太沒禮貌了！」爸爸接著媽媽的話說。「我的銀器全都擺在餐廳了。我本來打算今天晚上來擦，不過現在就交給妳啦，反正只有一百九十九件而已。」

　　「而且我覺得甜甜花寶寶也的確需要換尿布了，」媽媽嗅了嗅空氣中的味道，「那就一樣交給妳啦！」

　　我害怕的盯著嬰兒椅上的妹妹，看著她開心的發出咯咯聲。我以前從來沒換過尿布。

　　「嗯……」我感覺自己的臉頰紅了起來。

爸爸媽媽大聲笑了出來。

「別擔心啦，莎莎，」媽媽說，「我們只是跟妳開玩笑而已。」

「但如果妳願意整理好自己的房間，那就太棒了。」爸爸說。

「對啊，那樣就太棒了。」媽媽附和。接著，她突然皺起眉頭，用手拍了拍額頭。「等一下！」她說，「我忘了妳表姊和表哥下週末要來我們家！我們不能去遊樂園了。莎莎，對不起，我完全忘記這件事了。」

「難道不能所有人一起去遊樂園嗎？」我提議。「我敢說米拉貝兒和韋伯一定會喜歡遊樂園的。」

　　「嗯 …… 我想應該可以問問看他們，」媽媽說，「這樣至少可以讓妳表姊米拉貝兒不要老是調皮搗蛋。」

　　「好耶！」我興奮的把粉紅兔兔抱在胸前。「我等不及了！」

第二章

　　遊樂園快閃活動當天，我一大早就醒來了。我跳下床，感覺精神飽滿、超級興奮。

　　「米拉貝兒和韋伯什麼時候會到啊？」我邊吃早餐邊問。

　　「他們接近傍晚的時候才會來喔。」媽媽看著時鐘說。「大概再過九小時吧。」

「九小時！？」我說。「那也太久了吧！」

「我相信妳一定會找到事情做啦。」媽媽說。「要不妳去整理房間呢？完成妳之前答應的事？」

「好吧……」我嘆了一口氣。

整理房間實在有夠無聊，我弄了大半天才整理好。時間悄悄的、緩緩的流逝，我望著時鐘滴答滴答的走到了中午，再滴答滴答的來到了下午。

「現在還要等多久啊？」我在廚房裡盯著窗外問。

「大約再一小時吧。」媽媽一邊回答，一邊趕著做草莓蛋糕。「如果妳願意，可以來幫我裝飾蛋糕呀。」

　　我站在桌子旁邊，把蝙蝠形狀
的糖果和粉紅星星撒在彎彎曲曲的
草莓糖霜上，不過同時也一直留意
著窗外。最後，我總算看見外頭的
雲層裡有了動靜。

「他們來了！」我大喊著衝去前門，把門大大敞開。

雲朵間，兩個騎著掃帚的身影飛了下來，正是我的女巫仙子表姊米拉貝兒，還有我的巫師仙子表哥韋伯。

「莎莎！」米拉貝兒降落在地面上高喊，跑過來擁抱我。

她身上有濃郁的杏仁糖和紫色莓果的味道，很明顯是噴過了她媽媽的女巫香水。

「我好期待去遊樂園喔！」她說。「韋伯也是！」

「我想應該是吧。」韋伯聳了聳肩膀，一副不稀罕什麼遊樂園的樣子。

「我們從來沒去過人類的遊樂園，」米拉貝兒說。「不過我媽媽有帶我們去過女巫遊樂園。那裡真的很好玩，除了有旋風掃帚飛車、占卜攤，還有黑色旋轉鍋喔！」

「沒錯。」韋伯點點頭，看起來比較有興趣了。「我最喜歡玩巫師帽造型的迴旋滑梯，可以繞著巨大的尖頂巫師帽一路溜下去喔。」

「希望這次的遊樂園會有一些好玩的遊樂設施。」米拉貝兒說。「我喜歡玩速度快的。」

我們進到屋裡，喝了點茶，也吃了點蛋糕，等待爸爸起床。爸爸因為是吸血鬼，所以總是晚上醒著、白天睡覺。

我從房間裡拿出了「超炫遊樂園」的海報給米拉貝兒和韋伯看。

「看起來的確很好玩的樣子，」韋伯說。「可惜沒有巫師帽迴旋滑梯。」

「但看起來還是很漂亮又很酷。」米拉貝兒說。

「它看起來就像我小時候去的仙子遊樂園，」媽媽說。「我和你們的爸爸以前都會一起去玩耶。他有帶你們去過嗎？」

韋伯和米拉貝兒搖了搖頭。

「這樣呀⋯⋯」媽媽說。「改天叫他帶你們去，真的很好玩喔！」她開始對我們講起仙子遊樂園裡所有美好的事物，像是小花旋轉杯、沾滿糖粒的紫羅蘭甜點，還有池塘裡的葉片小船。

等爸爸進到廚房裡時，媽媽還在講個不停。爸爸打著呵欠，伸了伸懶腰。

「晚安啊。」爸爸說。「米拉貝兒、韋伯，你們好呀！」

「巴特羅莫姑丈你好。」他們說。

等我們喝完茶，爸爸也喝完他的紅色果汁後，大家便穿上鞋子，準備出發去遊樂園。

今天晚上溫暖又舒服，沿著道路走向鎮上時，我覺得自己的身體裡嗶嗶剝剝的冒著興奮的泡泡。在去的路上，我再次提醒大家這是人

類\(_{ㄌㄟˋ}\)的\(_{ㄉㄜ˙}\)遊\(_{ㄧㄡˊ}\)樂\(_{ㄌㄜˋ}\)園\(_{ㄩㄢˊ}\)。

「那\(_{ㄋㄚˋ}\)裡\(_{ㄌㄧˇ}\)沒\(_{ㄇㄟˊ}\)有\(_{ㄧㄡˇ}\)魔\(_{ㄇㄛˊ}\)法\(_{ㄈㄚˇ}\)，」我\(_{ㄨㄛˇ}\)說\(_{ㄕㄨㄛ}\)。
「所\(_{ㄙㄨㄛˇ}\)以\(_{ㄧˇ}\)我\(_{ㄨㄛˇ}\)們\(_{ㄇㄣ˙}\)也\(_{ㄧㄝˇ}\)不\(_{ㄅㄨˋ}\)能\(_{ㄋㄥˊ}\)使\(_{ㄕˇ}\)用\(_{ㄩㄥˋ}\)魔\(_{ㄇㄛˊ}\)法\(_{ㄈㄚˇ}\)喔\(_{ㄛ}\)！」

「沒ㄇ問ㄨㄣ題ㄊㄧ。」米ㄇㄧ拉ㄌㄚ貝ㄅㄟ兒ㄦ說ㄕㄨㄛ。

「當ㄉㄤ然ㄖㄢ囉ㄌㄛ！我ㄨㄛ懂ㄉㄨㄥ啦ㄌㄚ！」媽ㄇㄚ媽ㄇㄚ一ㄧ邊ㄅㄧㄢ說ㄕㄨㄛ，一ㄧ邊ㄅㄧㄢ揮ㄏㄨㄟ舞ㄨ著ㄓㄜ她ㄊㄚ的ㄉㄜ仙ㄒㄧㄢ女ㄋㄩ棒ㄅㄤ，愉ㄩ快ㄎㄨㄞ的ㄉㄜ望ㄨㄤ著ㄓㄜ她ㄊㄚ灑ㄙㄚ在ㄗㄞ空ㄎㄨㄥ中ㄓㄨㄥ的ㄉㄜ小ㄒㄧㄠ星ㄒㄧㄥ星ㄒㄧㄥ。它ㄊㄚ們ㄇㄣ閃ㄕㄢ爍ㄕㄨㄛ了ㄌㄜ一ㄧ會ㄏㄨㄟ兒ㄦ，然ㄖㄢ後ㄏㄡ消ㄒㄧㄠ失ㄕ不ㄅㄨ見ㄐㄧㄢ。

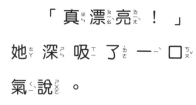

「真ㄓㄣ漂ㄆㄧㄠ亮ㄌㄧㄤ！」她ㄊㄚ深ㄕㄣ吸ㄒㄧ了ㄌㄜ一ㄧ口ㄎㄡ氣ㄑㄧ說ㄕㄨㄛ。

「這ㄓㄜ就ㄐㄧㄡ是ㄕ我ㄨㄛ說ㄕㄨㄛ的ㄉㄜ魔ㄇㄛ法ㄈㄚ，」我ㄨㄛ指ㄓ著ㄓㄜ她ㄊㄚ的ㄉㄜ仙ㄒㄧㄢ女ㄋㄩ棒ㄅㄤ。「妳ㄋㄧ得ㄉㄟ把ㄅㄚ它ㄊㄚ藏ㄘㄤ在ㄗㄞ袋ㄉㄞ子ㄗ裡ㄌㄧ啦ㄌㄚ！」

「喔ㄛ，對ㄉㄨㄟ啦ㄌㄚ，那ㄋㄚ當ㄉㄤ然ㄖㄢ囉ㄌㄛ！」媽ㄇㄚ媽ㄇㄚ說ㄕㄨㄛ。她ㄊㄚ急ㄐㄧ急ㄐㄧ忙ㄇㄤ

忙把仙女棒收進手提袋裡。

　　「很好！」我說。我趕在所有人前面匆匆跑過了轉角，想要第一個看見遊樂園！我想像裡面會有一閃一閃的仙女燈串、條紋的帆布帳篷，還有七彩繽紛、亮晶晶的遊樂設施……可是眼前的景象卻讓我停下了腳步。

　　「這就是『超炫遊樂園』嗎？」韋伯聽起來很失望。

　　「看起來有點破舊。」爸爸嘟著嘴說。

　　「而且好像沒什麼人耶，對吧？」媽媽說。

第三章

　　「超炫遊樂園」看起來一點也不炫。條紋帳篷灰暗又破舊，遊樂設施發出匡啷匡啷、嘎吱嘎吱的聲響，音樂聲小到幾乎聽不見，連仙女燈串都忽明忽滅，發出劈哩啪啦的聲音，一副隨時會熄滅的樣子。

　　甚至操作遊樂設施的工作人員看起來也一臉憂鬱，額頭上布滿了皺紋。

　　「喔，天啊……」媽媽遺憾的說。「好可惜。」

　　我很難過，感覺心頭一緊，眼淚也快要流下來了。我握了一下媽媽的手。突然間，我不怎麼想去人類的遊樂園玩了。

　　也許我早該聽爸爸媽媽的話，去吸血鬼或仙子的遊樂園就好。我覺得好尷尬，我竟然把全家人都帶來了這裡。

　　「也許我們應該回家吧。」我提議。

　　「傻瓜！」媽媽一向很樂觀。「我們才剛到這裡耶！莎莎，沒那麼糟啦。這些遊樂設施只是有點破舊而已，我想只要施點魔法就可以改善的！」

「喔，沒錯！」米拉貝兒開心的搓揉著雙手。「我敢說我們可以用魔法把這座人類的遊樂園變得超好玩！」

　　「不行！」我擔心的大喊。「我們說好了不能用魔法啊，記得嗎？」

超炫遊樂園

「好吧。」媽媽聽起來有點失望。「總之我們還是進去吧。我想去坐旋轉咖啡杯。」

「旋轉咖啡杯！」米拉貝兒一臉不屑。「我們應該去坐雲霄飛車或是幽靈火車啦！」

我不想玩這些遊樂設施，但還是跟著家人們走進遊樂園，往雲霄飛車走去。隨著距離越來越近，我看見雲霄飛車上的油漆都褪色脫落了。

我們走向售票亭裡的先生時，
爸爸雀躍的說：「至少這樣不必排
隊呀！」

「我要五張門票。」爸爸說。

售票先生看起來很高興。

「五張！」他驚呼。「太棒了！你們是今天晚上買最多票的客人！」

「怎麼會這樣？」爸爸問。「遊客不多嗎？」

「不像以前那麼多了。」那位先生坦白的說。

「真可惜。」媽媽說。

「對啊，」那位先生附和。「這些遊樂設施確實需要好好整修、重新粉刷，不然招不到遊客，可是也正因為遊客太少，我們無法

賺到足夠的錢來整修，連刷刷油漆都沒辦法！這樣你們明白我們遇到的難題吧？」

「我明白，」爸爸點了點頭，「這確實很棘手呀。」

「對啊，目前的狀況的確很棘手。真希望我們能盡快想出解決的辦法，否則恐怕就要結束營業了。如果遊樂園真的關門就太可惜了，這可是代代相傳的家族事業，從我曾祖父那代就開始在國內巡迴，到現在已經持續快一百年了！」

「天啊！」媽媽驚呼。「一百年耶！」

「既然這樣，那我們搭兩次好了！」爸爸好心的說，在櫃臺上放了一些錢，接著我們就踏進雲霄飛車的車廂裡。

這是我第一次坐雲霄飛車，感覺有點緊張。粉紅兔兔也很緊張，還用手摀住了眼睛。當小小的鈴聲響起，車子突然動了起來，喀啦喀啦的沿著軌道往上爬，然後在最高點停了下來。

「請等一下！」那位先生在底下大喊。「出了點問題！」

我們看見他撥弄了一些按鈕，然後車子就突然呼嘯一聲，翻過了最高點，咻的一聲往下衝。它轉了一圈後，在軌道正中央停了下來。

「呃，這滿糟糕的！」爸爸說。

「有點爛耶！」米拉貝兒跟著附和。

「我覺得速度已經夠快啦！」媽媽緊閉著雙眼說。

「嗯……」米拉貝兒調皮的說，「我覺得這個遊樂設施只是需要一點點幫助啦。」

我還來不及阻止，她便抽出一小瓶藥水，灑在雲霄飛車的軌道上。斑駁脫落的油漆立刻開始自動修復，殘破的車廂也變得又新又亮，連匡啷聲和喀啦聲都消失了。

我們突然沿著軌道高速暢行，我的頭髮在腦後飛揚，感覺連肚子都在上下翻攪著。

「啊！」米拉貝兒高聲歡呼。「這樣好玩多了！」

　　沿著軌道轉了兩圈後，雲霄飛車停了下來。我們爬出車廂時腿都軟了。

　　「我不曉得剛才發生了什麼事！」售票員對另一位工作人員說。「雲霄飛車剛才突然變得不一樣了！你看，就像新的一樣！」

　　我對米拉貝兒皺起眉頭，提醒她這可是人類的遊樂園。

　　「說真的，我們不應該使用魔法啦！」我說。

　　「我知道，我知道！」米拉貝兒說。「可是只用一點點肯定沒關係吧。」

「對啊。」媽媽也說。「一丁點魔法不會有太大的影響啦。坦白說，原本的雲霄飛車根本會危害生命安全耶！」

「而且剛剛只施了一點魔法，結果妳看售票員現在有多高興！」爸爸跟著說。

我望向售票員，他滿臉笑容，看起來開心極了。

「也許我們**應該**稍微用點魔法四處整修一下。」媽媽小聲的說。「你們懂吧，就當是幫他們一點小忙呀。」

「我也是這樣想的。」爸爸附和。

「我也是！」米拉貝兒興奮的說。

「我也是！」韋伯說。

「嗯……」我不確定這是不是個好主意。人類可不習慣魔法，說不定招不來遊客，反而還會把人嚇跑。

「我提議接著去玩旋轉咖啡杯，」媽媽說。「那項遊樂設施看起來好別緻。」

我們一起走向咖啡杯時，韋伯小聲的說：「肯定很無聊。」

爸爸買完票後，我們便一起坐在四個咖啡杯裡。剩下的第五個杯子已經破了，側面裂了一道很大的缺口。設施啟動後，我們開始緩慢旋轉，杯子還嘎吱嘎吱的劇烈震動著。

「真是迷人呀。」媽媽說。

「超──無聊的！」韋伯打了個呵欠說。我看見他像巫師施法一樣揮動雙手，指間迸發出微小的星星。

「你在做什麼啊？」我小聲的問。

「就幫點小忙呀。」韋伯說。

我們突然開始快速旋轉，快到眼前的一切都變得模糊，讓我有點想吐。

「韋伯！」爸爸大吼。「立刻解除咒語！」

「我們說的整修不是這個意思！」媽媽頭上的花冠都被風吹走了。

在一片模糊之中，我看見韋伯試著揮手解除他之前施下的咒語。最後咖啡杯總算慢了下來，再次嘎吱嘎吱的劇烈震動著。現在，我的眼睛終於可以對焦，看見了操作員張大嘴巴，拚命眨著眼睛，困惑的搖著頭。

「讓我來吧。」媽媽拿出仙女棒輕輕揮動了一下，在我們身旁灑下亮粉。嘎吱聲和震動立刻停了下來，我們開始平順的旋轉，彷彿所有的東西都上過油似的，咖啡杯的缺口也馬上自動修復好了。

「這樣好多了。」媽媽說。「我還可以稍微再做一點點改進喔！」

「不行！」我大喊。「我們已經做得夠多了！」

可是媽媽已經揮動了仙女棒，就在那一瞬間，我們坐的不再是咖啡杯，而是香香的、活生生的巨大花朵。它們輕柔的旋轉，奏出叮叮噹噹的美妙音樂。

　　「這樣多親近大自然呀。」媽媽開心的微笑著。

　　雖然新的「咖啡杯」很可愛，操作員看起來也很高興，但在人類的遊樂園裡使用魔法還是讓我感到不安。

　　「莎莎，別煩惱了！」韋伯說。「放輕鬆啦！」

不過我注意到他的鼻子變得紅通通的。

「哈啾！」他打了個噴嚏。

「**哈啾！**」

「喔，救命啊！」爸爸突然尖叫著從他的花裡跳了出來。「蜜蜂來啦！」他用披風包裹住自己，蹲在地上。

「蜜蜂不會傷害你啦！」媽媽一邊唱歌，一邊望著越來越多蜜蜂嗡嗡嗡的飛向花朵。「牠們是大自然裡非常重要的成員呢！」

雖然媽媽這麼想，但米拉貝兒、韋伯和我還是都跳出了花朵杯，站在草地上，盡可能遠離蜜蜂和巨大的花朵。

「哈啾！」韋伯再次開口。「我覺得花朵杯引起了我對花粉的過敏耶。」

「媽媽！」我大喊。「妳需要解除咒語啦！」

「為什麼？」媽媽說。「花朵這麼美麗耶！看看它們！」

「可是有蜜蜂……」爸爸從披風底下發出微弱的哀號，「有蜜蜂呀……」

媽媽翻了個白眼，揮動仙女棒，把花朵杯變回普通

的咖啡杯，只是相比之前，現在杯子全都變成新的了。我鬆了口氣。爸爸悄悄從他的披風底下向外張望。

離開咖啡杯時，我問：「我們可以不要再用魔法了嗎？」

「當然囉。」爸爸隨便答道。「喔，你們看，是碰碰車耶！」

「我的最愛耶！」韋伯說。

「我也一樣！」米拉貝兒抓住一輛生鏽的車子跳了進去。

她開始四處亂衝，每次一撞到韋伯便尖聲大笑。

「喂，米拉貝兒！」韋伯大喊。「冷靜點！」

「對呀，小心一點啦！」爸爸小心翼翼的繞著場地邊緣，讓自己一直靠左讓路給其他車輛。

「這個真好玩！」米拉貝兒說著，快速向韋伯的車撞去，讓他的巫師帽被震得蓋住了眼睛。

「沒錯！」韋伯把車子調頭撞了回去。「逮到妳囉，米拉貝兒！」

「逮到你們兩個了！」媽媽笑著說。她手握方向盤坐在我旁邊，咻的一聲撞了上去，然後又朝爸爸直衝而去。

爸爸本來正從容滑行，避開大家免得髮型被弄亂，而媽媽就這樣從他的車尾輕輕撞了一下。

「真是太好玩了！」媽媽高興的大喊。

「妳知道怎樣會更好玩嗎？」爸爸邊說邊把頭髮梳回原本往上翹的完美油頭。「如果這些碰碰車長出蝙蝠翅膀，可以飛上天空，那就好玩多了。」

「喔，不行啦！」我說。「你說不會再用魔法的，就讓碰碰車維持原樣啦！」

「可是多了蝙蝠翅膀會很棒耶！」爸爸說。「會變成吸血鬼蝙蝠車！哎呦，好嘛，再施一個小咒語就好啦！」

「我們來施法吧！」米拉貝兒高喊，車子嘎的一聲開過我們身邊。我看見她放開方向盤，再次拿出幾瓶魔法藥水，瞬間就混合出一

些東西灑向空中。接著碰碰車就變
成了優雅的黑色，並長出了蝙蝠翅
膀飛了起來。

「啊！」米拉貝兒歡呼，開車跟在韋伯後面飛。「我要來撞你囉！」

「我會先逮到妳的！」韋伯大喊。

等我們玩完，旁邊已經聚集了一小群人，除了有遊樂園的員工還有路人，他們全都驚奇的盯著碰碰車看。

我看見人群裡有一些學校裡的朋友，於是對他們揮了揮手。

「我要去玩那個！」我聽見布魯諾說。

我們走過人群時，媽媽拍拍我的手臂說：「看吧，施一點魔法不

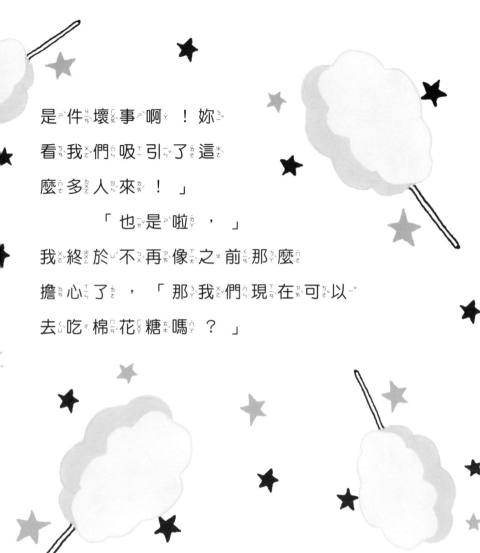

是件壞事啊！妳
看我們吸引了這
麼多人來！」
　　　「也是啦，」
我終於不再像之前那麼
擔心了，「那我們現在可以
去吃棉花糖嗎？」

第四章

　　我ㄨˇ們ㄇㄣ˙走ㄗㄡˇ到ㄉㄠˋ小ㄒㄧㄠˇ吃ㄔ攤ㄊㄢ，那ㄋㄚˋ裡ㄌㄧˇ充ㄔㄨㄥ斥ㄔˋ著ㄓㄜ˙熱ㄖㄜˋ狗ㄍㄡˇ和ㄏㄜˊ焦ㄐㄧㄠ糖ㄊㄤˊ的ㄉㄜ˙味ㄨㄟˋ道ㄉㄠˋ。媽ㄇㄚ媽ㄇㄚ˙幫ㄅㄤ我ㄨˇ們ㄇㄣ˙各ㄍㄜˋ買ㄇㄞˇ了ㄌㄜ˙一ㄧˋ根ㄍㄣ棉ㄇㄧㄢˊ花ㄏㄨㄚ糖ㄊㄤˊ，吃ㄔ起ㄑㄧˇ來ㄌㄞˊ就ㄐㄧㄡˋ跟ㄍㄣ雲ㄩㄣˊ朵ㄉㄨㄛˇ一ㄧˊ樣ㄧㄤˋ！

　　「真ㄓㄣ好ㄏㄠˇ吃ㄔ！」我ㄨˇ一ㄧˋ口ㄎㄡˇ咬ㄧㄠˇ下ㄒㄧㄚˋ蓬ㄆㄥˊ鬆ㄙㄨㄥ的ㄉㄜ˙棉ㄇㄧㄢˊ花ㄏㄨㄚ糖ㄊㄤˊ，讓ㄖㄤˋ它ㄊㄚ在ㄗㄞˋ舌ㄕㄜˊ頭ㄊㄡˊ上ㄕㄤˋ瞬ㄕㄨㄣˋ間ㄐㄧㄢ融ㄖㄨㄥˊ化ㄏㄨㄚˋ。

　　「你ㄋㄧˇ們ㄇㄣ˙知ㄓ道ㄉㄠˋ怎ㄗㄣˇ樣ㄧㄤˋ讓ㄖㄤˋ這ㄓㄜˋ些ㄒㄧㄝ棉ㄇㄧㄢˊ花ㄏㄨㄚ糖ㄊㄤˊ

變得超級吸引人嗎？」媽媽問。當
大家都還來不及開口回答，她便已
經揮動起仙女棒。「那就是讓它每
一口味道吃起來都不一樣！」

微小的星星灑落在我們身上，等我再吃下一口棉花糖時，我嚐出了櫻桃派的味道。

　　「喔，是牛奶糖耶！」米拉貝兒說。

　　「是巧克力蛋糕！」韋伯說。

　　「是青蛙卵……」爸爸皺著鼻子說。

　　「哎呀，等一下喔！」媽媽再次舞動仙女棒。

　　「是紅色果汁！」爸爸說。「我的最愛耶！」

　　我抬頭望著漸漸變暗的天空，然後看了看四周忽明忽滅、嘶嘶叫的仙女燈串。

　　有些燈泡壞掉了，但既然我們都已經施了這麼多魔法，把燈修好也不會造成什麼太大的影響，要不我也幫點小忙吧？

　　「我可以試著用魔法把燈修好嗎？」我問。

　　「好主意耶。」爸爸說。

　　我緊緊閉上眼睛，在頭上揮舞仙女棒，往空中射出了一串星星。接著，壞掉的燈開始一閃一閃的發光，不再發出劈哩啪啦或嘶嘶的聲音。

「太棒了，莎莎！」媽媽說。

我腦海中又迸出了一個點子，忍不住再次揮了一下仙女棒。這次，燈泡全都改變了形狀，變成了星星、月亮和蝙蝠的造型。

「哇，真漂亮！」米拉貝兒說。

我感覺臉頰變得紅通通的，臉上洋溢著自豪。

「我們接下來應該去玩那個一直旋轉的東西。」韋伯說，用手指向一個速度看起來很快的遊樂設施。它的外觀像蜘蛛，每隻吊臂都連接著一輛小車，像是加速版的旋轉木馬，不停的轉呀轉。

「嗯……粉紅兔兔不想玩那個，所以我就跟他一起待在這裡吧。」我說。

「我也是。」媽媽說。

　　我們走到遊樂設施旁邊，看著米拉貝兒、韋伯和爸爸坐進小車裡。設施啟動後，他們便升到空中開始旋轉。他們不停的轉呀轉，頭髮在腦後飛揚。

　　突然間，米拉貝兒的小車裡爆出一陣魔法粉末，旋風飛車也立刻變成了旋風掃帚飛車。我的家人們不再是坐在車裡，而是跨騎在掃帚上。

　　他們一圈又一圈的越繞越高，飛上天空，甚至都脫離了遊樂設施！

　　我聽見米拉貝兒開心的尖叫，遊樂設施的音樂更是響遍了整座遊樂園。

　　「喔，我早該想到她一定會使用魔法！」媽媽說。

　　等遊樂設施停下來時，周圍已經聚集了更多的人。

「哇！我們也想玩！」他們說。

售票員看起來很驚訝也很高興，開始忙著把票賣給下一輪的遊客。雖然魔法讓這裡不像人類一般的遊樂園，但我現在不怎麼介意了。能幫助遊樂園經營下去讓我很開心，感到既興奮又驕傲。我還想幫更多忙！於是我把仙女棒指向雲霄飛車，朝它射出一串星星。接著車廂後面開始噴出煙火，七彩的星點和亮粉在空中嘶嘶作響。

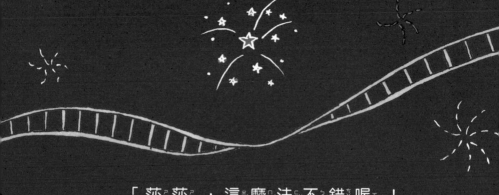

「莎莎，這魔法不錯喔！」
媽媽說。「我想我們真的讓這裡
變得越來越好了！」
「沒錯！」我高興的說。
「接下來要玩什麼呀？」韋
伯問。
「旋轉木馬！」我大喊。
「好主意。」爸爸說。「我
　們最好在大家開始排隊前
　過去吧！」

「我覺得那裡不太可能有人排隊啦。」媽媽邊說邊和大家往遊樂園中央的旋轉木馬走去。

旋轉木馬一圈又一圈的慢慢轉動，破舊的木馬隨著杆子上上下下，看起來很憂傷，播放的曲子也斷斷續續。

「喔，天啊！」爸爸說。「這座設施確實需要我們幫點小忙。」

「讓我來！」我興奮的跳起來。「讓我試試看吧！」

我閉上眼睛揮舞仙女棒，等再次睜開時，有些木馬已經變成了閃閃發光的巨大獨角獸，還有些變成了翅膀長滿閃亮鱗片的飛龍，音樂也變得活潑又歡樂。

「哇！做得好，莎莎！」媽媽說。

「太美了！」爸爸說。

我們都跑向旋轉木馬。我選了一隻鬃毛和尾巴都很飄逸的粉紅色獨角獸跳了上去，粉紅兔兔得意的坐在我前面。

我們開始一圈又一圈的旋轉，

但就在這時，動物們都動了起來。我的獨角獸跺了跺腳直接跳出設施，身上還連著杆子，在遊樂園裡蹦來蹦去。

爸爸、媽媽、米拉貝兒和韋伯也跟在後頭。我們在遊樂園裡的設施之間穿梭，在空中飛躍。我們身後灑落一串串閃耀的小星星。人們看著我們飛來飛去，有人拿出手機拍照，有人打電話給朋友。

「快點到遊樂園來！」他們大喊。「你一定不敢相信自己會看到什麼！」

最後動物們全都跳回到旋轉木馬上，等待載下一輪的遊客。

　　「太神奇了！」米拉貝兒說。

　　「我最喜歡玩這個了！」我說。

現在旋轉木馬外面已經排著長長的隊伍，遊樂園也擠滿了人。我看見好朋友柔依坐上了一隻粉紅色獨角獸。我對她揮手，她也對我揮了揮手。

　　「我覺得做得已經夠多了，」媽媽說，「也許我們現在應該別再使用魔法了。」

　　「對呀。」爸爸附和。「畢竟我們也不想做得太過頭，現在只要盡情享受就好啦！要不要去玩幽靈火車呀？」

「我好愛坐幽靈火車。」米拉貝兒說。

我們排隊等幽靈火車的時候，我發現米拉貝兒的眼睛裡閃過一絲光芒。等我們一坐進車廂內，她便把手伸進口袋裡翻找東西。

「妳在做什麼？」我問。火車已經啟動了，我們沿著小軌道緩緩前行，沿途有很多假的妖怪從陰影裡跳了出來。

「再施一次魔法就好，」米拉貝兒說，「我保證這是最後一次了。」

我看見她調製出了什麼東西，灑到車廂外的妖怪身上。

　　「這只會讓火車變得更好玩啦！」她解釋。

　　可是她做的事我可不會用「好玩」來形容。等火車抵達終點時，我看見人們尖叫著逃跑。他們看起

來嚇壞了。這時候我才明白米拉貝兒到底做了什麼，那些假的妖怪全都活了過來，跳出幽靈火車，跑到遊樂園裡追逐遊客！

第五章

「快跑呀！」人們尖叫。「有妖怪！！」

「喔，米拉貝兒！」爸爸用手抱著頭哀號。「妳做了什麼？」

「莎莎還不是對旋轉木馬做了一樣的事。」米拉貝兒辯解，可是我注意到她現在有些心虛。

「但妳做得太超過了！」爸爸說。「妳看看大家都在逃跑，我們之前做的所有好事都毀了！」

妖怪在遊樂園裡橫衝直撞，不過我覺得牠們並不危險，牠們只是對周遭很好奇、很興奮而已。對人類失去興趣後，牠們轉而注意到小吃攤的明亮燈光。牠們開始大口吞下熱狗、爆米花、甜甜圈，還有口味百變的棉花糖。

「停下來！救命啊！」小吃攤的老闆大喊，看起來很難過。

「我們得阻止牠們。」韋伯說。「我們得想想辦法呀！」

「我有個主意。」媽媽揮了揮仙女棒，變出一枝長滿葉子的藤蔓，然後綁成一條前面有圈圈的套索。接著，她又變出了六根套索。

「拿去。」她迅速塞給我們一人一條。「我們來抓住這些妖怪吧！」

我們每個人都拿了一條套索，跑進遊樂園裡。

　　遊樂園裡一片混亂，人們尖叫著四處逃跑，爆米花和熱狗在空中飛來飛去。我跑到小吃攤旁邊拋出套索，但妖怪們看到我來了，牠們大笑著，以為這是個有趣的遊戲，於是四散著跑開，開始爬上各種遊樂設施。

　　「喔，糟糕！」媽媽說。「我們需要更好的計畫。」

　　我拍動自己小小的蝙蝠翅膀飛到空中，試著套住一隻剛爬上雲霄飛車的妖怪。然而牠力氣太大，抓住套索把我嗖的一聲從空中拉了過去。我需要找個強壯且會飛的東西來幫忙才行。

　　「旋轉木馬！」我喊著，從妖怪那裡將套索拉了回來，接著飛向我最愛的遊樂設施。

　　我降落在一匹飛馬的背上，輕輕拉了拉韁繩。這隻魔法生物從旋轉木馬上飛了起來，拍動著美麗的巨大翅膀飛到空中。我騎在上頭，感覺牠的身體既強壯又結實。

　　此時我的餘光瞥見韋伯也跳到一頭龍的背上。

　　在空中飛翔時，我看見爸爸開
著有蝙蝠翅膀的黑色碰碰車衝向鏡
子屋，看到米拉貝兒跳上掃帚飛
車。我們在遊樂園上方繞圈飛行，
而底下的人都張大了嘴巴，抬頭盯
著看。

　　我把套索甩到空中再向下一
拋，輕輕套住了一隻跳到旋轉木馬
屋頂上的妖怪。牠吱吱的尖叫著，
看起來很吃驚。

　　米拉貝兒也拋出套索，套住一隻躲在棉花糖攤位後面的妖怪，韋伯則是抓住了兩隻爬上雲霄飛車側面的妖怪。沒過多久，我們就抓住了所有妖怪，把牠們趕到遊樂園中央，聚成一小群。爸爸媽媽從鏡子屋裡跑了出來，用他們的藤蔓套索抓住了最後一隻妖怪。

　　「剛才那個地方好神奇，」爸爸說，「裡面的鏡子絕對多到超乎你的想像！」

「但也不適合停下來整理髮型呀，是吧？」媽媽聽起來有點生氣。

這些妖怪實在不怎麼嚇人，反倒看起來像是被嚇到，讓我覺得牠們有點可憐。

「牠們不會傷害你們！」我對周圍的遊客說。「牠們只是在玩而已。」

「不過沒付錢就吃掉所有食物真的很糟糕！」爸爸嚴肅的盯著妖怪們說。「你們想彌補就在遊樂園裡幫忙吧！」

聽到這個主意，妖怪們似乎很興奮。

「你們可以幫忙賣門票和爆米

花。」我提議。「遊樂園裡有這麼多人，或許需要多一點人手幫忙。」

　　「沒錯！」一位售票員說。「那樣就太棒了！」

第六章

　　妖怪們似乎很高興能幫忙，熱情的跳到各項遊樂設施旁邊幫忙賣票。有的妖怪把垃圾撿進垃圾袋裡，有的則是回到幽靈火車裡，讓這項設施變得更加刺激。

　　「實在是太棒了！」遊樂園的老闆對爸爸說。「還好有你們抓住這些妖怪，我們本來還很擔心會失去所有的新遊客呢！」

　　「現在你們不必再擔心這個問題啦！」媽媽環顧四周說。

　　遊樂園裡擠滿了人，每項遊樂設施外面都排著好長的隊伍，孩童們也開心的大笑和尖叫。看著閃爍的仙女燈串，聽著響亮的音樂聲，我突然發現，現在的遊樂園比之前的更像海報上的照片。我感到一陣喜悅在全身蔓延開來。

「你們真的幫助我們
解決了難題，」老闆繼
續說，「太感謝了。」
「喔，沒什麼啦！」
爸爸很大方的在空中揮了
揮手。

　　「這是我們的榮幸。」媽媽笑著說。「不過你知道大部分的魔法都只是暫時的吧？旋轉木馬上的動物和這些妖怪恐怕不會一直存在喔！」

　　「別擔心！」老闆說。「今晚我們肯定會賺到夠多的錢，可以整修所有遊樂設施，甚至還可以做更多的改善！超炫遊樂園一定會再次變得超炫！」

　　「讚啦！」爸爸說。

　　「太好了！」媽媽說。

　　「我們想要好好感謝你們所有人，」老闆說，「所以請自由挑選一項獎品帶回家吧。」他用手指著一個攤位，上頭擺滿了許多大型的

絨毛娃娃。

「喔，真棒！」爸爸立刻跑過去仔細的看。我跟在爸爸背後，用手指著一隻巨大的、毛茸茸的妖怪娃娃。

「請問我可以選那一隻嗎？」我問。

「當然可以囉！」老闆一面回答，一面用掛勾幫我取下娃娃。粉紅兔兔就在我身邊蹦蹦跳跳，看得出來他有一點點嫉妒了。

「那這一隻就送給粉紅兔兔啦。」媽媽遞給他一個小巧的妖怪娃娃鑰匙圈。那個大小對粉紅兔兔來說剛好，他開心的擺動著耳朵。

這時候，我注意到柔依蹦蹦跳跳的穿過人群，拉著她的媽媽朝我走來。

「莎莎！」她喊著。「妳有看到旋轉木馬嗎？上面有獨角獸耶！」

「我有看到！」我說。「我最喜歡坐那個了！我們一起去坐，好不好？」

「當然好啊！」柔依牽著我的
手，一起走回人群中，粉紅兔兔就
在我身邊蹦蹦跳跳，我的家人也跟
在我身後。

　　旋轉木馬的隊伍排得很長，不過沒關係，因為在等待的時候，我們吃了熱狗和口味百變的棉花糖。之後，柔依和我一起跳上獨角獸，米拉貝兒和韋伯也坐上了飛龍，吵著誰該坐前面，爸爸媽媽則選了一匹有翅膀的飛天小馬。

　　音樂響起後，我們開始轉圈，一圈接著一圈的轉個不停。我們的頭髮在微風中飄揚，眼睛裡還閃爍著仙女燈串的光芒。遊樂園裡有沒有魔法其實不重要，因為能跟家人和朋友們聚在這裡就已經讓我好快樂了。我們就這

樣在星空下不停的旋轉，像
極了「超炫遊樂園」海報上
的小朋友。

月亮莎莎 心理測驗

你ㄋㄧˇ比ㄅㄧˇ較ㄐㄧㄠˋ像ㄒㄧㄤˋ莎ㄕㄚ莎ㄕㄚ、米ㄇㄧˇ拉ㄌㄚ貝ㄅㄟˋ兒ㄦˊ，還ㄏㄞˊ是ㄕˋ韋ㄨㄟˊ伯ㄅㄛˊ呢ㄋㄜ？做ㄗㄨㄛˋ個ㄍㄜˋ測ㄘㄜˋ驗ㄧㄢˋ找ㄓㄠˇ出ㄔㄨ答ㄉㄚˊ案ㄢˋ吧ㄅㄚ！

❶ 你最喜歡的遊樂設施是：

A. 會轉好多圈的雲霄飛車

B. 旋轉木馬

C. 迴旋滑梯

❷ 你ㄋㄧˇ去ㄑㄩˋ遊ㄧㄡˊ樂ㄌㄜˋ園ㄩㄢˊ最ㄗㄨㄟˋ喜ㄒㄧˇ歡ㄏㄨㄢ吃ㄔ：

A. 好ㄏㄠˇ多ㄉㄨㄛ糖ㄊㄤˊ果ㄍㄨㄛˇ

B. 棉ㄇㄧㄢˊ花ㄏㄨㄚ糖ㄊㄤˊ

C. 熱ㄖㄜˋ狗ㄍㄡˇ堡ㄅㄠˇ

❸ 如ㄖㄨˊ果ㄍㄨㄛˇ你ㄋㄧˇ可ㄎㄜˇ以ㄧˇ在ㄗㄞˋ遊ㄧㄡˊ樂ㄌㄜˋ園ㄩㄢˊ裡ㄌㄧˇ施ㄕ展ㄓㄢˇ魔ㄇㄛˊ

法ㄈㄚˇ，你ㄋㄧˇ會ㄏㄨㄟˋ：

A. 把ㄅㄚˇ所ㄙㄨㄛˇ有ㄧㄡˇ遊ㄧㄡˊ樂ㄌㄜˋ設ㄕㄜˋ施ㄕ的ㄉㄜ速ㄙㄨˋ度ㄉㄨˋ都ㄉㄡ變ㄅㄧㄢˋ得ㄉㄜ

　　超ㄔㄠ快ㄎㄨㄞˋ

B. 讓ㄖㄤˋ整ㄓㄥˇ座ㄗㄨㄛˋ遊ㄧㄡˊ樂ㄌㄜˋ園ㄩㄢˊ都ㄉㄡ充ㄔㄨㄥ滿ㄇㄢˇ魔ㄇㄛˊ法ㄈㄚˇ

C. 變ㄅㄧㄢˋ出ㄔㄨ一ㄧˊ座ㄗㄨㄛˋ巫ㄨ師ㄕ帽ㄇㄠˋ造ㄗㄠˋ型ㄒㄧㄥˊ的ㄉㄜ迴ㄏㄨㄟˊ旋ㄒㄩㄢˊ滑ㄏㄨㄚˊ梯ㄊㄧ

測驗結果揭曉！

大部分選Ａ：

你比較像古靈精怪的米拉貝兒！

有你在的地方絕對充滿樂趣！

大_{ㄉㄚˋ}部_{ㄅㄨˋ}分_{ㄈㄣ}選_{ㄒㄩㄢˇ}B：

你_{ㄋㄧˇ}比_{ㄅㄧˇ}較_{ㄐㄧㄠˋ}像_{ㄒㄧㄤ}莎_{ㄕㄚ}莎_{ㄕㄚ}！

你_{ㄋㄧˇ}有_{ㄧㄡˇ}驚_{ㄐㄧㄥ}人_{ㄖㄣˊ}的_{ㄉㄜ}想_{ㄒㄧㄤˇ}像_{ㄒㄧㄤ}力_{ㄌㄧˋ}，而_{ㄦˊ}且_{ㄑㄧㄝˇ}對_{ㄉㄨㄟˋ}朋_{ㄆㄥˊ}友_{ㄧㄡˇ}

很_{ㄏㄣˇ}大_{ㄉㄚˋ}方_{ㄈㄤ}！

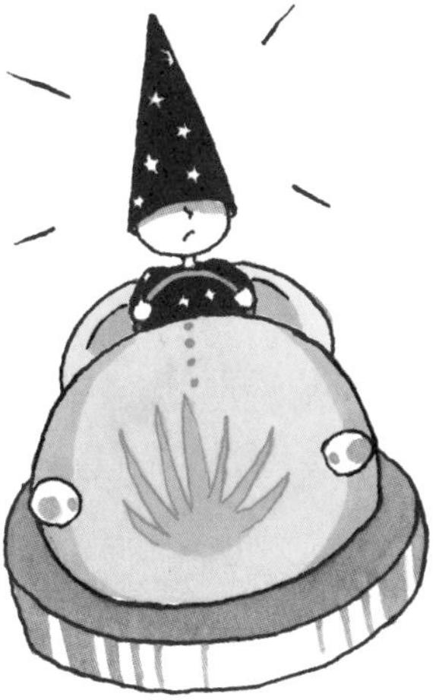

大部分選C：

你比較像韋伯！

個性大膽，愛玩、愛搞笑！

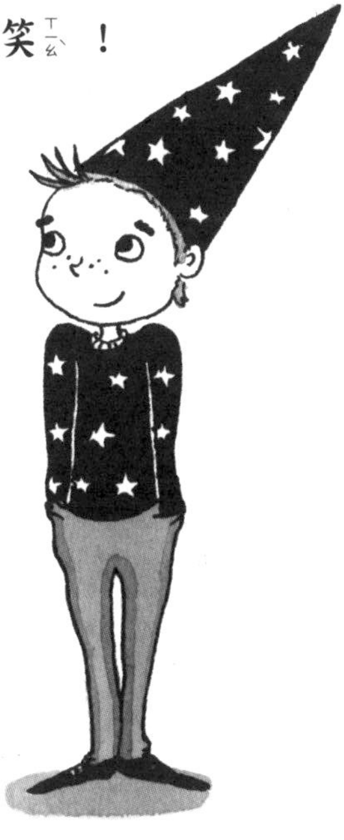

月亮莎莎 系列 5 ～ 8 集閃亮登場！
喜歡月亮莎莎魔法家族的你，千萬不要錯過！

快來看看莎莎和她獨一無二的家人
是過著怎樣刺激又有趣的生活呢？

月亮莎莎惹上大麻煩

月亮莎莎

惹上大麻煩

哈莉葉‧曼凱斯特/文圖　黃筱茵/譯

三民書局

學校的**「寵物日」**要到了，莎莎本來打算帶粉紅兔兔去
學校，但表姊米拉貝兒卻用魔藥變出一頭**飛龍**，要給莎
莎當寵物！

莎莎禁不起表姊的慫恿，竟同意帶飛龍去學校！
這下子「寵物日」當天到底會發生什麼事呢？

月亮莎莎與鬧鬼城堡

櫻桃老師帶全班去一座陰森的古堡博物館校外教學，竟遇到在古堡裡住了上百年的「**鬼魂**」奧斯卡！莎莎和她的吸血鬼爸爸見怪不怪，但其他人都十分害怕。

古堡裡的鬼魂到底有多**嚇人**？**他們的撞鬼之行又會迎來什麼樣的結局呢？**

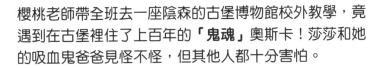

月亮莎莎的冬季魔法

月亮莎莎
的冬季魔法

哈莉葉·曼凱斯特/文圖　黃筱茵/譯

三民書局

莎莎最愛的克莉絲朵阿姨前來拜訪，揮揮仙女棒便把家中花園變成了晶瑩剔透的**冰雪世界**！莎莎開心的用魔法雪堆起雪人，沒想到她堆出的這位「**雪男孩**」竟然活了過來！兩人馬上成為朋友，玩起各式各樣的遊戲。

但用魔法變出來的雪當然沒辦法維持太久……**在雪男孩的身體融化之前，莎莎能想出辦法來解救他嗎？**